लहरी

कबीर सिंह

क्रम-सूची

Acknowledgement	v
About Author	vii
Disclaimer	ix
1. सुरईया	1
2. सर्कस	6
3. पत्थर	10
4. अस्तबल	13
5. लूना वाले मौलवी जी।	18
6. लहरी	22
7. अंधेरी रात	26
8. पौदार	29
9. बड़ी बी	35

Acknowledgement

Writing a book is never an easy task without the motivation and guidence of my elders in this life. I m really thankful to the whole team of YOUNG WRITERS GROUP for helping the whole way. The guidence and support which i got from my team members and parents are the two keys for the success of this book. Last but not the least i would like to thank aashika saraswat for their immense believe in me for the completion of this book.

About Author

कबीरकबीर सिंह एक अभिनेता और एक प्रोड्यूसर हैं। बहुत सारी फिल्मों में कबीर सिंह मुख्य किरदार में नजर आ चुके हैं। क्योंकि बचपन से ही उनका तालुकात एक मीडिया परिवार से है, इसीलिए पत्रकारिता में भी उन्होंने बहुत काम किया है। हाल ही में साउथ इटली में बेस्ट मूवी अवॉर्ड जीतने वाली फिल्म वेलकम टू मुंबई में इन्होंने मुख्य किरदार निभाया था। उनके लिखने की शुरुआत भी अभिनय से ही हुई थी। कबीर सिंह फिल्मों में अभिनय करने के साथ-साथ अपनी खुद की एक वेबसाइट फिल्मी हलचल भी चलाते हैं।

Disclaimer

This is a work of fiction .All the characters , places, incidents are either the matter of the author's imagination and belongs to him. Any resemblance to any real person, incident or death is purly coincidental.

1
सुरईया

गर्मियों के दिन थे, जब गाँव में धूप अपनी चरम सीमा पर होती हैं। सुरईया भागती - डोड़ती अपनी शहेलियों के साथ खेल रही थी। प्यारी सी लड़की, सावले से रंग की, दो चोटिया बाँधने वाली खेल में ऐसे मगन थी की मानो उसने वक़्त को अपनी मुठी में कर लिया हो। शाम होने पर सूरईया की माँ की आवाज आती हैं जिसमे नाराजगी शामिल थी।

घर चल सुबह से खेल रही हैं, तेरे बापू के सामने खबर लेती हु आज।

सुरईया बापू से बहुत डरती थी। सुरईया का एक भाई था, जो बापू का लाडला था। घर में जब भी कोई चीज आती अबसे अपले उसे हि मिलती थी। सूरईया को हर बार यह कह कर टाल देते थे, की तु तो लड़की है, तु के करेगी खिलौना ले कर के, अपनी माँ से घर के काम - काज सीख । इस तरह जाएगी

तो बहुत गालियां खायेगी। लेकिन इस बात से सूरईया की माँ को बहुत दिक्कत थी, वो चाहती थी की सूरईया पड़- लिख कर शहर में जा कर नौकरी करे क्योंकि सूरईया सुरुवात से हि पढ़ाई - लिखाई में अपने भाई से बहुत अच्छी थी, सूरईया अपनी कक्षा में भी अवल आती थी। स्कूल में भी सूरईया से सब बहुत प्यार करते थे, पर इन सबसे अलग सूरईया को कभी स्कूल जाना पसंद नही था, सूरईया को तो नाचना बहुत पसंद था। गाँव में जब भी कोई नाट्य कार्यकर्म होता था तो उसे लड़कियों के रूप में लड़को को नाचता देख कर बहुत प्रसंता होती थीं, वो हमेसा ऐसे हि नाचना चाहती थी। सूरईया के बापू इतने अम्मीर नही थे, पर इतने भी गरीब नही थे। एक दिन जब उसके बापू दफ्तर से घर लोटे तो उन्होंने देखा की सूरईया आँगन में रेडियो के गानो पर जोरो से थिरक रही थी। यह देख कर उसके बापू आग बबूला हो गये और फिर उन्होंने पास हि पड़ी एक लकड़ी उठाई ओर उसे मारना सुरु कर दिया, दो हि वार में सूरईया नीचे गिर गयी, और चीख - चीख कर रोने लग गयी, तभी सूरईया की माँ व्हा भाग कर आयी ओर उन्होंने सूरईया को अपने सीने से लगा लिया । गुस्से में सूरईया के बापू ने सूरईया की माँ को भी बहुत बुरा भला कहा।

इसी तरह शाम से रात हो गयी सूरईया के आंसु भी अब सुख चुके थे, सूरईया अब शांत हो गयी थी, पर मार के निशान उसके पेरो पर साफ दिख रहे थे, फिर जब रात को माँ ने उसे रोटियाँ ला कर दी तो सूरईया ने उन रोटियों को खाने से साफ इनकार कर दिया, पर बगल में बैठा भाई बापू के लाये हुए लाडुओ को बड़े हि चाव से खाये जा रहा था, इधर सूरईया का दिवार को देखेने का सिलसिला जारी था। अगली हि सुबह बापू को अपनी गलती का अहसास जो चुका था, तो उन्होंने सोचा की वो अब सूरईया को समझायेंगे की ये नाचना गाना हमारे

घर की औरतों को सोभा नही देता हैं, पर तब तक सूरईया स्कूल जा चुली थी। स्कूल का मौसम आज बहुत सुहाना था, आसमान में काले - घने बादल छाए हुए थे, ओर क्लास की खिड़की से सूरईया उन्हे निहारे जा रही थी , ओर खुली आँखों से सपने देखने की कोसिस में थी। तभी क्लास में एक लड़की आई जो की इस स्कूल ओर गाँव दोनो में नई थी। उस लड़की का नाम मीना था, मीना एक अच्छे घर से तालुकात रखने वाली खुश मिजाज लड़की थी। उसकी मुस्कुराट देख कर सूरईया मन - मुक्त होगयी, सायद वो उस लड़की में खुद को देख पा रही थी। स्कूल की छूटी होते हि मीना सूरईया के पास आयी और अपनी जेब से कुछ काजू निकल कर उसकी तरफ कर दिये। पहले कुछ समय सोच - विचार करने के बाद सूरईया ने मीना से काजू ले लिये। मीना देखने में भी बहुत खूबसूरत थी, और इतफ़ाक तो देखो दोनो का घर भी एक हि रास्ते मे पड़ता था, तो दोनो साथ में घर जाने लगे। कुछ हि दिनों में दोनो बहुत अच्छी सहेलिया भी बन गयी थी। मीना रोज शाम को स्कूल के बाद सूरईया के घर जा कर खेला करती थी। एक दिन जब दोनो घूमने खेतो में गयी थी, तब मीना ने सूरईया को अपने सपनो के बारे मे बताया , और यह भी बताया की उसके घर वाले कितने अच्छे हैं, वो उसे बहुत प्रोत्साहित करते है। उसके सपनो के लिए, और उसने ये भी कहा की वो अपने बापू से बहुत प्यार करती हैं, वो उनकी लाड़ली हैं। जब कभी वो ये सब बाते सूरईया को बताती तो सूरईया का सर झुक जाता, अपनी झुकी आँखों से सूरईया जैसे वो मीना को कह रही हो की सबकी किस्मत मीना जैसी नही होती।

ऐसे हि कुछ दिन बित गये। दिवाली आगयी।

दिवाली के दिन मीना नए कपे पहन कर सज - स्वर कर सूरईया का इंतजार कर रही थी , तभी व्हा सूरईया आई, सूरईया के आते हि मीना ने उसे कस कर अपने गले से लगा लिया। पहली बार सूरईया को अपने जिस्म के भित्र एक सिरन सी महसूस हुई। मीना के गले मिलने के बाद भी सूरईया उसे निहारे जा रही थी, वो उसके जिश्म के एक - एक अंग को बहुत हि गोर से निहार रही थी। सूरईया का यह विचित्र स्वबावं मीना समझ नही पाई। उस रात सूरईया को मीना का जिस्म चाँद की तरह लग रहा था, और खुद का जिस्म आसमान मे फुट रहे पठाको की तरह। इसके बाद से हि कुछ दिनों के लिए सूरईया ने मीना से मिलना और उसके साथ खेलना भी बंद कर दिया था, उसे अहसास हो गया था की उसकी सोच उस पर हावी हो रही है। मीना रोज सूरईया से मिलने आती मगर सूरईया तबियत खराब होने का बहाना बना कर उसे वापिस भेज देती। उप्पर से स्कूल की भी छुटिया चल रही थी तो मीना का सूरईया से मिलना नही हो पाता था।

इसी तरह छुटिया भी बित गयी।

फिर जब मीना ने सूरईया को स्कूल मे देखा तो उसने सूरईया से बाते करने की कोसिस की मगर सूरईया ने यहां भी उसे नजर -अंदाज कर दिया। स्कूल की छूटी होते हि सब क्लास के बहार जने लगे पर मीना ने सूरईया का हाथ पकड़ कर उसे रोक लिया, सब के चले जाने के बाद मीना ने सूरईया से उसे नजर अंदाज करने का कारण पूछा। मगर इधर मीना के स्पर्श से सूरईया के रोंगटे खड़े हो गये थे। वो खुद को रोक नही नहीं पायी और उसने जोर से मीना के होटो को चूम लिया, वो समय ठहर गया था। हवाए उन दोनो के कानो को छूती हुई गुज रही

थी। कुछ शण बाद जब सूरईया को होश आया तो वो मीना को धका दे कर अपनी आंखो मे आंसु लिए व्हा से घर की तरफ भाग गयी।

उसे कुछ समझ नही आ रहा था की उसने ऐसा क्यो किया और , इसी वजह से अब सूरईया ने स्कूल जाना बंद कर दिया था। कुछ दिनों तक सूरईया स्कूल नही गयी मीना भी अब उसके घर नही आती थी। कुछ दिनों बाद सूरईया की माँ ने सूरईया को डाट - फटकार कर स्कूल भेजा तब सूरईया भी जाने को तैयार हो गयी। सूरईया स्कूल पहुँची तब व्हा मीना नही थी, स्कूल मे पूछने पर उसे पता लगा की मीना अब इस गाँव से जा चुकी है, वो अब शहर चली गयी है, व्हा वो एक बहुत बड़े डांस स्कूल में एडमिशन ले चुकी और अब वो यहां वापिस कभी नही आएगी। यह सब सुन कर सूरईया बहुत दुखी हो गयी और घर जाते हि रसोई मे जा कर अपनी माँ का काम मे हाथ बटाने लगी। सूरईया के चहरे की उदासी मे सूरईया की माँ अपना बचपन देख रही थी। तभी बहार खिड़की से काले बादल आसमान मे मंडराने लगे थे, जिनकी छाव मे अम्मा ओर सुरैया बेहद बदसूरत लग रही थी।

2
सर्कस

खूबसूरत पहाड़ो के बिच से कुछ 25 से 26 साल के लड़के भागते - दौड़ते जा रहे थे। ब्रिजेश इन मे सबसे छोटा था, अल्मोड़ा के इस गाव मे मौसम कुछ दिनों से खराब हि चल रहा था। ब्रिजेश को बच्चपन से हि सर्कस देखने का ओर इसमें काम करने का बहुत शोक था, पर उसके बापू जी शामलाल जी ने उसे उसका ये सपना पुरा करने का मोका कभी नही दिया। बाजू के हि एक कस्बे मे एक सर्कस ओर नाटक कंपनी थी। आस - पास के लोग यहां इनका सर्कस देखने जाया करते थे।

उस दिन उन पहाड़ो से गुजरते हुए ब्रिजेश का मन बहुत विचलित था, क्योकि उसके दोस्तों से उसे पता चला था की बाजु के कस्बे से वह नाटक कंपनी बंद होने जा रही है। बस इसी बात ने ब्रिजेश को उदास कर दिया था। घर पहुँचते हि सबसे पहले उसने बापू जी से नाटक कंपनी के बंद होने वाली अफवाह के बारे मे पूछा परन्तु बापू जी को भी इस विषय मे ज्यादा जानकारी नही थी। कुछ समय बाद इस बात की पुष्ठी हुई की वह नाटक कंपनी पिछले कुछ महीनों से भारी नुक्सान का सामना कर रही है, इसका करण था की लोगो को अब सर्कस मे ज्यादा दिलचस्पी नही रही थी। लोग सर्कस देख - देख कर उब चुके थे, इसी करण वश उस कंपनी को बंद करने का फैसला लिया गया था। इस बात का बृजेश को बहुत ज्यादा

बुरा लगा था, ओर इसी करण बृजेश अब अपना ज्यादा तर समय गाव के पास वाले जंगल मे बिताने लगा, उसने खाना पीना भी कम कर दिया था, इन सबका असर अब उसकी सेहत पर दिखने लग गया था।

इसी तरह समय बीतता गया, और फिर एक दिन बृजेश की मुलाकात टोनी नाम के एक बोने से हुई। टोनी मुंबई शहर का रहने वाला था, ओर टोनी वही एक सर्कस मे काम किया करता था। मुंबई के प्रदूषण के कारण टोनी को एक गंभीर बीमारी का सामना करना पड़ रहा था। डॉक्टर की सलाह के अनुसार उसे कही पहाड़ो के करीब स्वच्छ हवा मे रहना चाहिए। इसीलिए टोनी ने जटोला गाँव मे रहने का फैसला किया और वही रहने के लिए एक छोटा सा घर खरीद लिया था। देखते हि देखते दोनो मे गहरी दोस्ती हो गयी, टोनी ब्रिजेश को घंटो अपने मुंबई वाले सर्कस की कहानिया सुनाता था। दोनो कभी जंगल मे तो कभी नदी के निकरे मिलते और घंटो बाते किया करते थे। इसी बिच ब्रिजेश के बापू जी उसे शहर जा कर नौकरी तलाशने को कहा पर ब्रिजेश ने तो साफ मना कर दिया था, तो बापू जी ने ब्रिजेश की गाँव मे हि एक किराने की दुकान खुलवा दी थी। इसका असर टोनी और ब्रिजेश की दोस्ती पर भी हुआ। काम मे व्यस्त रहने के कारण दोनो बहुत कम मिलने लगे थे। टोनी मुंबई के माटूंगा का रहने वाला था, बच्चपन से हि बोना होने के कारण टोनी लोगो के मजाक का पात्र बना रहा था। लोग उसका मजाक उड़ाते थे, और इसीलिए उसे अपनी जिंदगी से नफ़रत होने लगी थी। जब टोनी 16 साल का था, तब उसे उसी के शहर मुंबई के माटूंगा की सबसे खूबसूरत लड़की पिंकी से प्यार हो गया था, जब टोनी ने हिम्मत करके उस लड़की को अपने दिल की बात बताई तो पिंकी ने उसका बहुत मजाक उड़ाया। यही नही टोनी के माँ - बाप तक टोनी को अपने उप्पर बोझ समझते थे , पर जब टोनी कॉलेज जाने लगा तब व्हा उसकी मुलाकात मुंबई के मशहूर सर्कस के मालिक से हुई,

उन्होंने टोनी से मिल कर उसके सामने उनके लिए काम करने का प्रस्ताव रखा। टोनी ने थोड़ा सोच कर हाँ कह दिया। यह फैसला टोनी की जिंदगी का सबसे सही फैसला साबित हुआ, उसकी जिंदगी बिल्कुल बदल गयी। जो लोग उसका मजाक उड़ाते थे, वही लोग अब उसकी वाह - वाही कर रहे थे। वो अब बहुत खुश था, उसके आस - पास भी अब उसी के जैसे लोग थे, जो उसका दर्द समझ सकते थे। उसके साथ काम करने वाले लोग टोनी को बहुत प्यार करते थे। टोनी अपने पुराने दिन याद कर रहा था, तभी उसे पता चला की ब्रिजेश की शादी पास के हि गाँव मे पक्कि होगयी हैं। यह सुनते हि टोनी खुश हो गया था, पर उसे दुख भी था की अब वो फिर से अकेला पड़ जायेगा। कुछ हि दिनों मे ब्रिजेश की शादी हो गयी और अब ब्रिजेश पहले से भी ज्यादा व्यस्त रहने लगा।

सब कुछ बहुत अच्छा चल रहा था, की तभी एक दिन ब्रिजेश अचानक गाँव से गायब हो गया। ब्रिजेश के घर वालों के साथ उसके गाँव वाले भी बहुत परेशान हो गये और उसे ढूंढ़ने की कोसिस मे लग गये। टोनी भी इस बात को लेकर बहुत परेशान था, ब्रिजेश के ऐसे गयाब होने के बारे मे उसे भी कुछ पता नही था, अपने स्तर पर कोसिस करने के बाद पुलिस मे कंप्लेंट लिखवाई गयी, मगर पुलिस भी उसे ढूंढ़ने मे असमर्थ रही। ब्रिजेश की पत्नी तो रो - रो कर पागल हुए जा रही थी, मगर ब्रिजेश का कुछ पता नही लग पाया।

इसी तरह 4 साल बीत गये, मगर ब्रिजेश का कुछ पता नही चला। एक दिन गाँव मे खबर आयी की गाँव मे मुंबई से एक

सर्कस कंपनी एक महीने के लिए सर्कस दिखाने आने वाली हैं। गाँव मे खुशी का माहौल फैल गया । इतने सालो बाद गाँव वाले सर्कस देखने के लिए बहुत उत्साहित थे। ब्रिजेश के बापू जी मन हि मन सोच रहे थे, की अगर आज ब्रिजेश होता तो सर्कस देखने जरूर जाता। ब्रिजेश के जाने के गम मे ब्रिजेश की माँ तो परलोक सिधार गये थे। चारो तरफ रंग बिरंगे पोस्टर लगाए गये, और फिर वो दिन आहिगया, जब गाँव मे सर्कस होने वाला था। गाँव वाले बहुत उत्साह से सर्कस मे पहुंचे थे, चारो तरफ खुशी का माहौल था। बोने घूम रहे थे, जानवर पिंजरो से निहार रहे थे, सबकुछ बहुत सुंदर सजाया हुआ था। कुछ हि समय मे सर्कस सुरु होने वाला था। गाँव के सभी लोग अपनी कुर्सियों पर बैठे सर्कस के सुरु होने के इंतजार मे थे, जल्द हि सर्कस सुरु भी हो गया, स्टेज से प्रदा गिरा और परदे के गिरते हि गाँव के सभी लोग हरान रह गये। सामने सबके स्वागत मे एक लंगाड़ा इन्सान खड़ा था, ये और कोई नही ब्रिजेश था। ब्रिजेश स्टेज पर खेल दिखा रहा था, गाँव वाले अपने दिलो मे हजारों स्वाल लिए ब्रिजेश के खेल देख रहे थे। तभी प्रदा गिरा और फिर से एक बार ब्रिजेश सबकी आँखों से ओझल हो चुका था।

3

पत्थर

दिव्या आज सो कर थोड़ा देर से उठी थी, कल रात उसका पूरा समय माँ के पैर दबाने मे निकल गया था। सुबह उठते हि दिव्या को बहुत जोरो की बुख लगी थी, ओर सुबह उठते हि वह रसोई मे जा कर कल रात का बच्चा हुआ खाना तलाशने लगी, पर उसे व्हा कुछ नही मिला। दिव्या की माँ उसे बहुत चाहती थी, ऐसा लगता हे की जब दिव्या की माँ उसकी उम्र की रही होगी तो उनका भी नेन - नक्ष बिल्कुल दिव्या जैसा रहा होगा। ये कहना गलत नही होगा की दिव्या सुंदरता के मामले मे बिल्कुल अपनी माँ पर गयी है। दिव्या के पिता जो की एक मिस्त्री थे, कुछ साल पहले हि एक बस अक्सीडेंट मे उनका देहांत हो गया था, उनके जाने के बाद से दिव्या की माँ ने हि अपने सिलाई - बुनाई के काम से घर को संभाला था, परन्तु पिता की कमी उसे हमेसा खलती थी। उनके इस छोटे से मकान मे इनके साथ इनकी एक भैंस भी रहती जिसका नाम उन्होंने रूपा रखा था। अचानक एक दिन रूपा ने दूध देना भी बंद कर दिया था, इसी के साथ उनकी कमाई का भी एक जरिया बंद हो गया था। रूपा के दूध को बेच कर अब तक कुछ मद्दत मिल जाति थी। दिव्या रूपा को खुद से दूर नही करना चाहती थी, रूपा दिव्या की बहुत चहिती थी। आज जब दिव्या को बुख लगी तो उसने अपनी बुख के बारे मे माँ को बताते हुए

रोटिया मांगी, मगर आज घर पर खाने को कुछ नही था। जब से रूपा ने दूध देना बंद किया था तब से अब तक उसका गुजारा आस - पड़ोस से मांग कर हि चल रहा था, मगर अब पड़ोसियों ने भी मद्दत करने से इनकार कर दिया था। आस - पड़ोस के लोग दिव्या की माँ को ताने देते और बहुत बुरा - भला कहते। दिव्या की माँ की उम्मर भी ज्यादा नही थी, और वो बहुत खूबसूरत भी थे। इसिलिए गाँव के बहुत सारे मर्दो की उनपर गलत नजर थी। उनके पती की मृत्यु के बाद से हि गाँव के लोगों की गलत नजर उन पर थी, मगर उन्होंने कभी अपने हालतो को अपने सिद्धांतो पर भारी नही होने दिया। वो आज भी सीता माँ जैसे पवित्र थे। मगर आज दिव्या को बुख से बिलकता देख उसकी माँ का दिल टूट गया था। उन्होंने दिव्या को शाम तक कुछ इंतजाम करने का आशवासन दिया, पर शाम से रात होगयी थी मगर अभी तक वो खाने - पिने का कोई इंतजाम नही कर पायी। माँ खाना लेने बाजार की तरफ निकली। बाजार पहुँच कर माँ एक फलों की रेहड़ी के सामने आकर खड़ी हो गयी, पर पैसे ना होने की वजह से वो कुछ खरीद ना पायी। बिना खाने के वापिस घर जाने की हिम्मत भी नही कर पाये ओर थक हार कर वही रास्ते मे सडक के किनारे बैठ गये। व्हा बैठे - बैठे समय हवा की तरह गुजरा। देखते हि देखते अंधेरा रौशनी मे बदल गया। रात से सुबह हो गयी, दीन निकल आया था, ओर दिव्या की माँ अभी तक सडक के किनारे हि बैठे थे। कुछ समय बाद जब उन्हे दिव्या की फ़िक्र खाने लगी तब जा कर उसने वापिस घर जाने का फैसला लिया। जब वो घर पहुंचकर देखा तो उन्हे पता चला की दिव्या भूखी हि सो गयी थी। दिव्या को भूखे पेट सोते देख उसकी माँ को बहुत दुख हुआ। माँ की आहट पा कर दिव्या की नींद खुल गयी। माँ को अपने सामने देख कर दिव्या ने बिना कुछ पूछे उन्हे अपने सीने से लगा लिया। आँखों मे आंसु लिए दिव्या ने माँ को आशवासन दिया की वो आज के बाद कभी खाने के लिए जिद नही करेगी। इतना सुनते हि माँ की भी आँखे भर

आयी, ओर इसी तरह भूखे पेट एक ओर दिन बित गया, पर दिव्या ज्यादा दिन बुख दर्शाह नही कर पाती इसीलिए उसकी माँ ने मजबूरू मे कचरे के डिब्बो को अपना सहारा बना लिया। दिव्या का और उनका गुजारा जैसे तैसे हो रहा था, पर रूपा ज्यादा दिन भूखे ना रह सकी और एक दिन इस दुनिया से चल बसी। घर के हालात दिन - ब - दिन बद - से - बतर होते जा रहे थे, इसी बिच दिव्या को भी मोतिया बिंद हो गया था, घर मे तो खाने के भी लाले पड़े थे, ऐसे हालातो मे बेटी के इलाज का ख़र्च कहा से उठाते। हालात ऐसे थे की खाना तो छोड़ो जहर तक खाने के पैसे नही थे, हालातो के आगे एक दिन लाचारी सिद्धांतो पर भारी होगयी। ममता पर हवस भारी हो रही थी। खुद के जमीर को बेच कर आज दुव्या की माँ ने एक वक्त की रोटी खरीदी थी। उस शाम को रोटी खाते वक्त मां बेजार सी नजर पड़ रही थी । मां पत्थर सी शांत बैठ कर बस दिव्या को देखे जा रही थी। मां उसे अपनी गोद में लिटा कर उसे निहारे जा रही थी, और अपनी मन की आंखों से आंसू बहा रही थी। मां आज पत्थर की मूरत सी बैठी थी, और किस्मत की लकीरों में कहीं दिव्या के जीवन को खोज रही थी। उस रात मां और दिव्या ने खाना तो खाया पर अगले दिन पूरा गांव उनके घर के बाहर खड़ा था। मां और दिव्या उस रात जहर का सहारा लेकर एक अनंत यात्रा पर निकल चुके थे। पूरा गांव पत्थर बने बस उस घर को निहारे जा रहा था।

4

अस्तबल

अस्तबल में आज कुछ ज्यादा ही भीड़ थी। लोग दूर-दूर से आज राकेश के लाल रंग के घोड़े को देखने आए हुए थे। वैसे तो घोड़े भिन्न-भिन्न रंगों के देखे जा सकते हैं, पर उस दौर में लाल रंग के घोड़े बहुत ही मुश्किल से देखे जाते थे। कुछ घंटों पहले यह खबर पूरे गांव में फैल गई थी कि राकेश का लालू यानी राकेश का लाल घोड़ा कहीं गुम हो गया है, या उसे किसी ने चुरा लिया है। अपने घोड़े के गुम हो जाने के दुख में राकेश का रो-रो कर बुरा हाल हो गया था, इसी दुख में उसने सुबह से कुछ खाया भी नहीं था, और बेहोशी की हालत में बस अपने घोड़े का नाम बड़ बड़ाए जा रहा था। आसपास के लोगों ने राकेश को बहुत समझाने की कोशिश की मगर अपने घोड़े के गुम हो जाने की खबर से ही राकेश टूट सा गया था। राकेश अपने घोड़े के साथ बिताए पुराने दिनों को याद करने लग गया। तभी उनके जहन में वह दिन आया जब वह लालू को अपने घर लेकर आए थे। लाल रंग का मजबूत घोड़ा, जिसका नाम प्यार से उन्होंने लालू रखा था। घर में राकेश अपनी पत्नी सुधा और अपनी बेटी सुषमा के साथ रहता था, पेशे से राकेश एक बग्गी चलाने वाला था, लोगों का सामान उठाकर बग्गी पर लादकर यहां से वहां ले जाना ही उसका काम था। लालू जितने ही प्यारे राकेश के पास तीन और घोड़े भी थे, पर लालू

के घर आने से राकेश की किस्मत चमक गई थी। लालू के आ जाने से राकेश को अब पहले से भी ज्यादा काम मिलने लगा राकेश दिन रात काम में ही व्यस्त रहने लग गया था, पैसों की तो जैसे वर्षा होने लग गई हो। गांव में बड़े बूढ़े जवान - किशोर सभी लोग लालू को बहुत पसंद करने लग गए थे। लालू की एक खास बात यह भी थी कि वह राकेश को छोड़कर के और किसी को भी अपने ऊपर घुड़सवारी नहीं करने देता था। राकेश जब भी लालू पर सवार होकर गांव में कहीं से गुजरता तो पूरे गांव की नजर बस लालू पर ही होती, किसी स्वर्ण घोड़े से कम नहीं दिखता था लालू। राकेश के गांव में एक जादूगर भी रहता था, जो शहर से था, जो अपना सब कुछ शहर से बेचकर गांव में आकर बस गया था। उस जादूगर को शहर के शोर से ज्यादा गांव की शांति पसंद थी। गांव में आते ही जादूगर ने अपना प्रचार करना शुरू कर दिया था, क्योंकि जादू दिखाना ही उसकी रोजी रोटी का एक मात्र विकल्प था। जादूगर अपनी जादू की कलाओं में बहुत ही माहिर था, गांव के सभी लोग उसकी इन कलाओं के दीवाने थे, बच्चों से लेकर बूढ़ों तक सभी जादूगर का खेल देखने के लिए उत्साहित रहते थे। उस जादूगर का नाम मुकेश था। मुकेश रोज सुबह जल्दी उठकर गांव वालों को अपने जादू के बारे में भड़ा चढ़ा कर के बताया करता था। मुकेश जिस दिन जादू का खेल नहीं दिखाता था, उस दिन वह गांव वालों के साथ बैठकर अपने शहर की यादों को ताजा किया करता था। वह गांव वालों को बताया करता था कि कैसे वह कितना व्यस्त रहता था, दिन में चार चार शो वह अकेला ही किया करता था। मगर एक बात का गिला आज भी मुकेश को था कि वह जादू कला में इतना माहिर होने के बावजूद भी एक जादू कभी भी सही से नहीं कर पाया वो था किसी को गायब करनेका, लोग उनकी इस बात को बकवास समझते लोगों को विश्वास ही नहीं होता था कि कोई किसी को कैसे गायब कर सकता है। लोगों के मुंह से ऐसी बातें सुनकर मुकेश अक्सर हताश हो जाया करता था। मुकेश के पिता चाहते थे कि

वह एक डॉक्टर बने मगर मुकेश का तो बचपन से ही जादू की कला में कुछ ज्यादा ही ध्यान था। मुकेश के जादूगर बनने का सफर कुछ आसान नहीं रहा था। मुकेश ने जादू सबसे पहले 11वीं में देखा था, जब उसके शहर में एक जादूगर जादू दिखाने आया था। जादूगर को जादू दिखाते हुए देखकर मुकेश बहुत अचंभित हुआ था, और उसने ठान लिया था, कि अब वह भी जादू सीखेगा। मुकेश ने उस जादूगर को अपना गुरु मान लिया था। मुकेश ने उनसे प्रभावित होकर अपनी पढ़ाई लिखाई छोड़ कर उनके साथ शहर दर शहर जा कर जादू दिखाने का फैसला लिया। उनके साथ शहर शहर जा कर मुकेश ने उनसे जादू दिखाना सिखा। मुकेश के गुरु को जानवरों से बहुत लगाव था, इसीलिए वह अपने घर पर अलग-अलग प्रकार के जानवर पाला करते थे। मुकेश को अपने गुरु के इन जानवरों से बहुत चिढ़ थी, क्योंकि वह मुकेश से ज्यादा इन जानवरों से स्नेह दिखाया करते थे। मुकेश गांव के चौपाल पर बैठा यह सब याद कर रहा था, कि तभी उसने देखा की राकेश वहां से अपने लाल रंग के घोड़े पर बैठकर जा रहा था। जादूगर को गांव में आए हुए बहुत दिन हो गए थे और वह जादूगर और राकेश बहुत अच्छे दोस्त बन गए थे। दोनों एक दूसरे के घर जाते और चाय की चुस्कियां लेते हुए घंटों बातें किया करते थे। दशहरा से कुछ दिन पहले मुकेश ने गांव में एक खबर फैला दी कि वह दशहरा के दिन अपना एक बहुत ही खास जादू गांव के लोगों के सामने प्रस्तुत करेगा। यह खबर फैलाने में राकेश ने उसकी बहुत मदद की थी। दशहरा आ गया था, मुकेश ने अपना जादू दिखाने के लिए बहुत ही अच्छा पंडाल सजाया था, गांव के लोग भी खास जादू देखने के लिए उत्साहित होकर आए थे। जैसे ही कार्यक्रम शुरू हुआ मुकेश ने कुछ जादू की कलाएं दिखा कर सभी गांव वालों को अचंभित कर दिया था। गांव के बच्चे बूढ़े मर्द औरतें सभी बहुत उत्साह से मुकेश का जादू देख रहे थे। सबसे आखिर में बारी आई मुकेश के उस खास जादू की मुकेश ने बताया कि वह इस जादू में किसी को गायब करके दिखाएगा। गायब होने

के डर से गांव के सभी लोगों ने इस जादू में भाग लेने से मना कर दिया था, परंतु अपनी दोस्ती पर विश्वास रख कर के राकेश ने अपने लाल घोड़े को गायब करने के लिए कहा। मुकेश ने राकेश के लालू पर चादर उड़ाई और कहा कि वह इसे गायब कर के उसके अस्तबल में पहुंचा देगा। थोड़ी देर बाद जब मुकेश ने लालू पर से पर्दा हटाया तो वह वहां से गायब हो चुका था, मगर मुकेश से जादू दिखाने में एक गड़बड़ हो गई थी घोड़े के साथ साथ वह भी वहां से गायब हो गया था। सभी को लग रहा था कि घोड़े के साथ साथ मुकेश भी राकेश के अस्तबल में पहुंच गया होगा। मगर जब सब लोग राकेश के साथ उसके घोड़ों के अस्तबल में पहुंचे तो वहां कोई नहीं था। अपने दोस्त और अपने प्रिय घोड़े के इस तरह गायब हो जाने से राकेश को बहुत बुरा लगा था। ऐसे ही कुछ दिन बीतते चले गए।

देखते ही देखते पता ही नहीं चला कब 5 साल बीत गए मगर आज भी लालू और राकेश गायब होकर कहां गए यह रहस्य ही बना हुआ था।

अब राकेश ने गांव में घोड़ा गाड़ी चलाना छोड़ दिया था, वह अब शहर जा चुका था, और वह वहां पर रिक्शा चलाता था। राकेश का पूरा परिवार उसके इस फैसले से बहुत खुश था, राकेश अपने परिवार को खुश रखने के लिए दिन रात मेहनत करके पैसे कमाने लगा था। एक रात राकेश रिक्शा चलाकर थका हारा अपने घर आते ही खाना खाकर सो गया। आज ही के दिन 5 साल पहले मुकेश ने वह जादू दिखाया था, वही सब याद करते हुए राकेश कि अभी आंख लगी ही थी कि तभी उसे अपने घर के बाहर से एक घोड़े की आवाज आयी। घोड़े की आवाज सुनकर राकेश उठ गया और देखने के लिए बाहर गया। बाहर राकेश ने

जो देखा वह देखकर उसके पैरों के नीचे से जमीन खिसक गई थी, एक अजीब सा सन्नाटा चारों तरफ छा गया था। राकेश ने देखा कि उसके सामने 5 साल पहले गायब हुआ उसका घोड़ा लालू खड़ा था, और लालू की पीठ पर उसके दोस्त मुकेश की लाश थी। यह दृश्य देखकर राकेश को कुछ सूझ नहीं रहा था, और वह बस वहां खड़ा उसे निहारता रह गया। धीरे धीरे लालू के हिन हिनाने की आवाज रात को और गहरा बना रही थी।

5

लूना वाले मौलवी जी।

मौलवी जी की सुबह मानो भारी आंखों में नींद का पैगाम लिए होती थी। रोज की तरह आज की सुबह भी मौलाना साहब की आंखें भारी और नींद का पैगाम लिए हुए थी। मौलाना साहब रोज अपने दिनचर्या का पालन करते थे, वह सुबह जल्दि उठते फिर नहा धोकर खाना खाकर नमाज पढ़ने बैठ जाते थे। खाना खाने के बाद , रोज मौलाना साहब अपनी लूना लेकर निकल जाते और फिर बड़े घरानों के लोगों के साथ मौलाना साहब की महफिल जमती थी। वैसे तो मौलाना साहब को अपनी लूना से बहुत नफरत थी, मगर फिर भी गांव वालों के लाख कहने पर भी वह अपनी लूना को नहीं बदलते थे। यहां तक कि जब मस्जिद में काम करने वाला लड़का आरिफ उनसे उनकी लूना मांगता तो वह यह कहकर टाल देते थे कि लूना खराब है। रास्ते में कहीं बंद हो जाएगी, मेरे सिवा इस गाड़ी को और कोई नहीं संभाल सकता है, कहीं गिर जाओगे, लडन् की गाड़ी ले जाओ वह सही रहेगी। मौलाना साहब को अपनी लूना से जितनी नफरत थी, उतना ही लगाव भी था। वह किसी को भी अपनी लूना देना पसंद नहीं करते थे। लाल रंग की उनकी लूना देखते ही बनती थी। किसी पुश्तैनी चीज की तरह मौलाना साहब अपनी लूना को संभाल कर रखते थे। रोज रात को मौलाना जी जल्दी सोने की आस लिए बिस्तर पर जाते थे और

फिर कहीं कोई उनकी लूना को चुरा ना ले इसी डर के मारे सो नहीं पाते था। रोज की तरह ही आज भी डर के मारे उन्हें नींद नहीं आई। करवटें बदलते, उल्टी गिनती गिनते हुए उनकी रात गुजर गई पर कमबख्त नींद फिर भी ना आई। नींद ना आने पर मौलाना साहब रात को अपने बच्चपन का एक गीत गुनगुनाते थे, रोज की तरह आज भी मौलाना साहब नींद ना आने की वजह से गाना गुनगुना रहे थे। यह वही गाना था जो वह बचपन में गुनगुनाते थे। सुबह के 4:00 बज चुके थे। मौलाना जी ने गीत गुनगुना अभी शुरू ही किया था कि तभी दरवाजे पर हुई हलचल ने उनका स्वर तोड़दिया। मौलाना हैरान थे, कि इतनी सुबह कौन होगा, मन में यही सवाल लिए चश्मा पहनते हुए मौलाना जी ने दरवाजा खोला। दरवाजे पर गांव का लड़का असलम खड़ा था। असलम देखने से ही बहुत थका हुआ लग रहा था। उसकी सांसें फूल रही थी, जैसे भाग के आया हो। मौलाना को देखते ही असलम ने कहा मौलाना साहब आप जल्दी चलिए मेरी बहन कुछ अजीब अजीब बड़बड़ा रही है, हमको लगता है उसके ऊपर कोई हवा आ गई या। मौलवी जी ने उसे पानी पिलाया और बोले कि घबराओ मत हम अभी अपना सामान लेकर आते हैं, और तुम्हारे साथ चलआ चलते हैं। तुम किस चीज से आए हो?

अस्लम ने जवाब दिया की मौलवी जी हम तो भक्ते भक्ते आए हैं, आपकी लूना से ही चलआ चलते हैं। मौलवी जी एक सोच में पड़ गये, थोड़ा सोचने के बाद मौलाना ने कहा कि हमारी लूना में इतनी ताकत कहां कि अब वह हम दोनों का वजन सह सके, हम पैदल ही चलआ चलते हैं। जैसे ही वह अपना काम निपटा कर अपने घर के पास आकर रुके तब स्तंभ से रह गये। उनके चेहरे के भाव मानो सिमट गए हो उनकी अपनी लूना वहां नहीं थी। अचम्भे में काफी देर वो व्हा खड़े रहे कुछ घंटों में इसकी पुष्टि हो गई की लूना चोरी हो गई है। पूरे गांव में हल्ला मच गया। सब लोगों ने पूरी कोशिश की

कि मौलाना जी की लूना मिल जाए पुलिस में भी रिपोर्ट कराई पर कुछ भी पता न लगा। मौलवी जी अब बस मस्जिद की खिड़की के पास बैठे रहते और आसमान को तकते रहते थे। आज पूरे 6 दिन हो गए थे, मौलवी जी ने जैसे खाना पीना सब त्याग दिया हो। रोज सुबह नमाज पढ़ते ही मौलाना जी बस थाने निकल जाते इस आस में कि उनकी लूना मिल जाए बहुत लंबा अरसा बीत गया पर उनकी लूना का कोई अता पता न लगा। मौलवी जी का व्यवहार अब कुछ बदलता जा रहा था। इसी वजह से मौलवी जी को गांव के लोगों ने गांव से निकाल दिया था, यह कहकर कि आप अल्लाह के बंदे होकर एक मौलवी होकर पांच वक्त की नमाज में ध्यान न लगा कर पुराने अपने बचपन के गाने को खिड़की के पास बैठे गुनगुनाते रहते हैं। इससे हमारे गांव के लोगों पर गलत असर पड़ेगा। मौलवी जी जिनका नाम मोहम्मद अजहरुद्दीन था, गांव से निकाले जाने के बाद वह एक मकैनिक की नौकरी करने लगे थे। मौलाना जी की दिनचर्या अब बदल गई थी। मौलवी जी को अब रात को गहरी नींद आने लगी थी। अल्लाह को तो जैसे वो भूल ही गए हो, बस एक मशीन की तरह दिन-रात काम में लगे रहने लगे थे। जिस दुकान में वह काम करते थे, उसी के पास एक अनाथालय था। जहां कुछ मां बाप अपने बच्चों को पैदा करते ही अनाथों की जिंदगी जीने के लिए छोड़ जाया करते थे। वही पर अनाथ बच्चों में थी सीमा। कोन उसे यहां छोड़ कर गया कुछ पता नहीं था। मौलवी जी को सीमा बहुत पसंद थी। जब कभी मौलवी जी उधर से गुजरते तो उसे देख कर बहुत खुशी महसूस करते थे। उनकी भी कभी एक संतान हुआ करती थी, जिसे वह एक बस एक्सीडेंट में खो चुके थे। कुछ ही दिनों में उन्होंने फैसला कर लिया कि वह सीमा को गोद ले लेंगे और उसका सारा खर्चा उसकी सारी जिम्मेदारी खुद संभालेंगे। यूं तो अनाथालय वाले किसी अविवाहित मर्द को बच्चे कभी गोद नहीं दिया करते, पर उनकी विनती के बाद उन्हें मौलाना जी की बात माननी पड़ी। अब वह बस सीमा को पढ़ा-लिखा कर

जिंदगी में कुछ बनता देखना चाहते थे। सीमा की खुशी में ही बस अब उनकी खुशी थी। अब जब कभी सीमा स्कूल में शरारत करके आती तो वह उसे डांटते नहीं थे, बल्कि उसकी शरारतों पर हंस दिया करते थे। सीमा ही अब उनके बुढ़ापे का एकमात्र सहारा थी। जिंदगी बहुत खुशनुमा चल रहा थी। तभी एक दिन जब वह दुकान में एक पुरानी गाड़ी को ठीक कर रहे थे, तभी उनकी नजर एक लाल रंग के पुर्जे पर गई।

गौर से जब उन्होंने देखा तो वह फौरन पहचान गए की यह तो उनकी अपनी लूना का पुर्जा था। उसे देख कर वह थोड़े परेशान हो गये, पर उन्होंने किसी से कुछ नहीं कहा और वहां से एकदम चुप निकल गये, और घर पहुंच कर उन्होंने सीमा को अपनी गोद में उठा लिया, और उसे अपने बचपन का गाना सुनाने लगे। उनकी आंखों से आंसू बह रहे थे, और वह गाते जा रहे थे, गाते जा रहे थे।

चाहूंगा मैं तुझे सांझ सवेरे.............

आवाज़ में ना दूँगा...................

6

लहरी

शाम की ठंडक में लहरी नाम का एक आदमी मुर्दों की राख छान रहा था। यह काम करते लहरी को 20 साल हो गए थे। परिवार के नाम पर लहरी के पास एक काले रंग का सफेद धारियों वाला एक कुत्ता था। लहरी दिन में चाहे जहा भी खा ले पर रात का खाना वह अक्सर अपने कुत्ते (कालू) के साथ ही खाया करता था। छोटे कद का बड़ी-बड़ी दाढ़ी वाला लहरी बड़ा हि डरपोक इन्सान था। उसे प्रेत आत्माओं से ज्यादा इंसानों से डर लगता था, रात श्मशान में अकेले काटना उसका रोज का काम था। एक रात बीत जाने और अगले सुबह के बीच में कहीं अपने आप को लहरी महसूस करता था। जिंदगी और मौत के बीच लहरी सिर्फ मौत को समझा था, जिंदगी से उसका दूर-दूर का कोई वास्ता नहीं था। बचपन में ही लहरी ने अपने माता पिता को खो दिया था, उसे अपने अनाथ होने पर बहुत खुशी थी। उसके हिसाब से दुनिया का सबसे बड़ा जहर लगाव होता है। जब कभी वह किसी लाश के साथ आए लोगों को रोते देखता तो उसे बहुत ताज्जुब होता कि ये सब रो क्यों रहे हैं, इन्हे तो खुश होना चाहिए कि जो मरा है, वह तो आजाद हो गया हैं। अग्नि से निकलकर अब वह खुली हवा के संग उड़ेगा।

सर्दी के दिन आ गए थे। ताप्मान 3 डिग्री चल रहा था।

गांव में गर्मी ओर ठंडक दोनों का एहसास कुछ ज्यादा ही होता हैं। रात में लहरी को ठंड लग रही थी, तो उसने कालू को भी अपने कंबल में लपेट लिया था। आग जला

कर लहरी उस से निकली लपटों से अपने शरीर की ठंड भगाने की कोशिश कर रहा था। लहरी आज शराब लाना भूल गया था। आज की रात बाकी रातों से कुछ ज्यादा ही सर्द लग रही थी, लहरी को एहसास हो रहा था कि आज शराब न लाकर उसने बहुत बड़ी गलती कर दी है। रात को बड़ी ही मुश्किल से लहरी को नींद आई, और इसी वजह से लहरी को सुबह उठने में थोड़ी देर हो गई थी। लहरी के उठने से पहले ही उसका कुत्ता कालू खाने की तलाश में निकल चुका था। लहरी कभी किसी के घर पर काम करके तो कभी चाय की दुकान पर काम करके अपना गुजारा चला रहा था। लहरी के आर्थिक हालात इतने बदतर थे कि अगर कभी लहरी को बुखार भी हो जाता तो वह अस्पताल नहीं जा सकता था। वह बुखार में पड़ा रहता और फिर अपने आप ठीक हो जाता। लहरी अपने बिस्तर से उठा और डबल रोटी लेने के लिए दुकान की तरफ गया पर उसके पास चाय के पैसे तक नहीं थे। डबल रोटी खाने के बाद चाय की तलाश तो उसके लिए रोज की बात थी। दिन भर रोटी की तलाश में घूमकर लहरी जब घर पहुंचा तो उसने देखा कि उसका कंबल फट चुका था, और ठंड भी आज कुछ ज्यादा थी। रात को आग जलाकर लहरी ने जैसे - तैसे अपने सोने का इंतजाम कर लिया था, पर जब लहरी सुबह उठा तो उसने देखा कि उसके हाथों पर अजीब से निशान बन गए हैं, पर लहरी ने इस पर ज्यादा ध्यान नहीं दिया। गांव वालों को लहरी के हाथ पर निशान देखकर लगा कि उसे छूत की बीमारी हो गई है, ओर यह बीमारी छूने से फैलती है। यह सुनकर गांव का कोई

भी इंसान लहरी के पास से गुजरने को भी तैयार न था। यह बात गांव में आग की तरह फैली और अब लहरी को काम मिलना बिल्कुल बंद हो गया। लहरी को देखते ही गांव वाले उससे दूर भागने लगते, पर अभी तक उसके कुत्ते कालू ने उसका साथ नहीं छोड़ा था। लहरी की जिंदगी में हालात बद से बदतर होते जा रहे थे। काम तो दूर की बात है लहरी को अब कोई खाना भी देने को तैयार न था। लहरी ने भी अब कालू के साथ कचरे से रोटियां उठा कर खाना शुरु कर दिया था। शमशान के काम से भी अब लहरी को निकाल दिया गया था। लोगों को डर था, कि कहीं अब लहरी उनके मुर्दों को भी डस ना ले। आज की सुबह लहरी के लिए कहर लायी थी। सुबह से ही उसके पेट में बहुत दर्द हो रहा था। सुबह से उसने कुछ खाया न था। भूख अब उसके पेट से निकलकर, अब दिमाग तक आ गयी थी। भूखा दिमाग अक्सर भूखे पेट से ज्यादा खतरनाक होता है, गांव में उसके आने पर अब बच्चे पत्थरों से उसका स्वागत करते थे। पास हि में एक खेत था, जहां वह और कालू बैठे दोनों खुले आसमान को ताक रहे थे। कब दोपहर बीती और कब शाम हो गई पता ही ना चला। रात एक खौफनाक आवाज़ लिये थी। लहरी का जीवन हमेशा से ऐसा नहीं था, उसका बचपन खुशी से संपन्न था। मां बाबूजी और एक बहन थी, जो लहरी को बहुत स्नेह करती थी। गांव में आयी बाढ़ के कारण उसके मां-बाप और बहन उससे बिछड़ गए थे, और वह बेचारा अकेला रह गया था, तब से ही बस वो यु हि अकेला मंडराता रहता था, पढ़ाई लिखाई उससे ज्यादा की नहीं थी, इसलिए उसे अच्छी नौकरी मिली नही और छोटे-मोटे काम करके ही उसे अपना गुजारा करना पड़ा। उसकी बहन का नाम साक्षी था, छोटी बहन होने के कारण उसे घर में सब लाड करते थे। लहरी को भी वह बहुत प्रिय थी। उसे आज ठंड का सामना करते हुए अपना पूरा बचपन आंखों के सामने दौड़ता नजर आ रहा था। कैसे उसकी मां उसे अपने हाथों से खाना खिलाती थी, कैसे बाबू जी उसको रोज जलेबी खिलाने के लिए ले जाया

करते थे। इस कड़कड़ाती ठंड में लहरी और कालू दोनों कुर-कुर कर रहे थे। कभी लहरी खड़ा होता तो कभी उकड़ू लेट जाता, कभी लहरी कालू को कोली भर आसमान को ताकता रहता। मौसम खराब होने की वजह से तारे भी साफ नहीं दिख रहे थे। बीच में वह दोनों एक दूसरे से अनकही भाषा में वार्तालाप कर लेते। कालू की आँखे कुछ लाल सी हो गई थी, लहरी के हाथ पैर भी धीरे - धीरे धीरे-धीरे जमते जा रहे थे। कप कपाती आहट के बीच लहरी फिर अपने बचपन के दिनों को याद कर रहा था, कैसे वो छोटा सा बच्चा लंबी-लंबी पगडंडियों के बीच में से मस्ती करता, नदी में नहाता, पीपल के पेड़ पर चढ़ता-उतरता जामुन तोड़ता, खेतों में जंगल में खुली हवा के बीच से गुजरता, कैसे रात-रात भर खुद से ही लंबे लंबे संवादों में उलझ जाया करता था। रात और गहरी होती जा रही थी, हवाएं और जहरीली होती जा रही थी, बीच-बीच में भेड़ियों की आवाजे भी आ रही थी, जंगली सूअरों की आवाजें भी उफान पर थी। शायद अब उसे पता चल गया था, कि वो अगले दिन का सूरज अब नहीं देख पायेगा, और हुआ भी यही अगली सुबह कंबल में लिपटा लहरी इस दुनिया से अलविदा ले चुका था। वह आजाद हो चुका था।उसके चेहरे पर एक अंतिम मुस्कुराहट थी। जो उसकी खुशी को हवाओं में अंकित कर रही थी। कालू तब तक खाने की खोज में निकल चुका था और पीछे बस अकेला लहरी रह गया था।

7

अंधेरी रात

अंधेरी रात को चीरती रश्मि अपने गांव चम्बोला जा रही थी। कई सालों मां और बहन से दूर रहने के बाद आज वह अपने घर लौट रही थी, आज से काफी साल पहले रश्मि को बचपन में एक अजीब सी दिमागी बीमारी का शिकार होना पड़ा था। जिसकी वजह से वह गांव से दूर एक मेंटल हॉस्पिटल में अपनी जिंदगी काट रही थी। 18 साल की उम्र में पिता की मृत्यु के बाद रश्मि थोड़ी चुप सी रहने लगी थी। यह उसके जीवन की पहली दुर्घटना नहीं थी, जब वह बहुत छोटी थी तभी उसकी मां परलोक सिधार गयी थी। मां के जाने के बाद उसके पिताजी रूपराज ने दूसरी शादी कर ली थी, और घर में आई उसकी सौतेली मां और उनकी बेटी तृष्णा। सौतेली मां के आने से रश्मि को लगा था, कि अब उसे इस घर में उतना प्यार और सम्मान नहीं मिलेगा पर हुआ उसका उल्टा, उसकी सौतेली मां उसे अपनी बेटी से भी ज्यादा प्यार करने लगी, ओर दोबारा खुशियों का चांद चमकने लगा। सब कुछ अच्छा चल रहा था, कि अचानक से एक दिन उसके पिताजी भी चल बसे, पर तभ भी मां के प्यार में कोई कमी नहीं आई। पिताजी यूं तो काफी संपत्ति छोड़ गए थे, उसके नाम, दिन गुजरे और साल अब रश्मि और तृष्णा सगी बहनों जैसे रहते, खेलते घूमते और साथ में घंटों शरारते करते। एक दिन जब रश्मि अकेले बाजार

में घूम रही थी, तब उसकी मुलाकात एक लड़के रवि से हुई, जिससे थोड़े ही दिनों में उसे प्यार हो गया। रवि गरीब घर का लड़का था, इसलिए अपने घर के अलावा उसके पास रश्मि को देने के लिए कुछ नहीं था। दोनों का प्यार परवान चढ़ रहा था, कि अचानक रश्मि दोबारा कुछ बीमार रहने लगी, ओर फिर कुछ ही दिनों में दूर शहर के एक मेंटल हॉस्पिटल में उसे दोबारा भर्ती करा दिया गया। वह इसी हॉस्पिटल में बचपन में भी अपना कुछ समय गुजार चुकी थी, तब वहां उसकी मुलाकात एक नर्स के लड़के से हुई जो रश्मि को पसंद करने लगा था। अब मां और तृष्णा दोनों अकेले रहने गए थे। रवि को भी इस खबर से बहुत धका लगा था, और उसकी जिंदगी भी गुमनामी में डूब गई। कभी-कभी रवि कुछ साल रश्मि से मिलने जाता रहा फिर कुछ समय बाद उसका जाना भी छूट गया। यहा माँ और तृष्णा भी अपनी जिंदगी में मशगूल हो गये। उन दोनों का भी मेंटल हॉस्पिटल रश्मि से मिलने जाना कम हो गया, यहां मेंटल हॉस्पिटल में एक डॉक्टर था, जो रश्मि से प्यार करने लगा था, और उसी के प्रयास से रश्मि जल्द से जल्द काफी तेजी से ठीक होने लगी थी। अपनी पुरानी जिंदगी को भूलकर रश्मि भी अब एक नया जीवन शुरु करना चाहती थी। डॉक्टर साहब स्वभाव के काफी शांत थे, घंटों दोनों बैठे-बैठे लंबी-लंबी बातें किया करते थे, और साथ अंताक्षरी खेला करते थे। आज जब रश्मि पूरी तरह ठीक हो गई थी, और अपने गांव वापस लौटने के लिए तैयार थी तो उसके मन में अजीब अजीब तरीके के ख्याल दौड़ने लगे, उसे पता था, पहले जैसी जिंदगी अब होना मुमकिन नहीं है। बहुत सारे सवालों ने उसे घेर लिया था। वह वापस जाना भी चाहती थी, और नहीं भी , माँ ओर तृष्णा उसे भूल चुके होंगे ऐसे कई सारे सवालों में घिरी वह वापिस लोट रही थी। चमोला वैसे तो उसके शहर से 400 किलोमीटर दूर था, पर रात का यह सफर कुछ लंबा होता जा रहा था। इतने सालों दूर रहने की वजह से उसे अपनी मां और बहन का फोन नंबर भी याद नहीं था। उसे बस अपने घर

का एकमात्र पता याद रहा था, डॉक्टर साहब भी उसी के साथ थे। दोनों रास्ते में एक ढाबे पर रुके और चाय पी कर दोबारा अपने सफर पर निकल लिये। दोनों ने अभी तक शादी नहीं की थी। रश्मि की इच्छा थी कि वह अपनी मां और बहन की हाजिरी में शादी करें। कुछ ही घंटों में चमोला गांव दूर से नजर आने लगा, रश्मि के दिल की धड़कन तेज हो गयी थी। कितना कुछ बदल गया होगा ना गांव में, अब यह गांव पहले जैसा गांव नहीं रहा था, अब यहां एटीएम था, नई-नई दुकाने थी, गांव का अपना बैंक था। सब कितना अलग लग रहा था। उसे यहां आते ही अपने प्यार रवि की याद आगई कैसे वह दोनों गांव के छोटे से सिनेमा घर में सिनेमा देखा करते थे। कैसे कितना समय दोनों ने इस एक छोटे से गांव में बताया था। उसे अपने बचपन की सहेली सीमा की याद भी आ गई थी, सीमा कैसे उसे अपने नए नए खिलौने दिखा दिखाकर बचपन में चिढ़ाया करती थी, पर ना तो अब उसका प्यार था, और ना उसके बचपन की दोस्त सीमा थी। सब बदल गया था। जैसे ही वो अपने घर पर पहुंची, उसने देखा की एक छोटा बच्चा घर के बाहर खेल रहा था। सीमा ने उस बच्चे से पूछा कि क्या तृष्णा और अपनी मां का नाम लेते हुए कि क्या वह अंदर है। बच्चे ने बहुत तेजी से उत्तर दिया कि नानी और मम्मी अंदर ही है। यह सुनते ही रश्मि के चेहरे पर मुस्कान आ गई उसे खुशी थी, कि उसकी बहन ने शादी कर ली है, और अब एक बच्चे की मां है। रस्मि और डॉक्टर साहब अंदर पहुँचे तो उसने देखा कि तृष्णा उसकी माँ और उसका अपना पुराना प्यार रवि एक साथ चाय पी रहे हैं। तभी पीछे से छोटा सा बच्चा पापा-पापा करते हुए रवि की गोद में चड गया। रश्मि यह देख कर स्तम्भ सी रह गई और बेहोश हो गयी। होश मे आते हि रश्मि डॉक्टर साहब की गाड़ी में वापस गाँव से शहर की ओर निकल गई थी, और पीछे उसका अपना गाँव चमबोला अपनी नई आकृति में उसे अलविदा कह रहा था, और चिड़ा रहा था।

8

पौदार

मुंबई की भरी गर्मियों के बीच पौदार अपनी ऑटो रिक्शा को हवा में उड़ाता पुराने हिंदी गाने गुनगुनाता चले जा रहा था। जो भी यात्री पौदार के रिक्शा में बैठता पौदार उसे खूब हंसाता, कभी अपने बचपन के मजेदार किस्से सुनाता तो कभी अपनी बेजोड़ शायरी से, कुछ ही दिनों पहले पौदार के सबसे छोटे बेटे राहुल की एक्सीडेंट में मृत्यु हो गई थी। घर में एक बीवी थी जिस कि उम्र 60 साल की रही होगी, एक बेटी थी जिसकी पोदार ने हाल ही में शादी की थी, और एक बेटा था जो बेचारा वक्त के हाथों मारा गया। वैसे तो पौदार का बचपन बनारस की गलियों में बीता था। वहां के घाट पर नहाना और दोस्तों के साथ खूब मजे करना। पौदार बचपन से हि पढ़ाई मे कमजोर था। कभी भूले भटके अच्छे नंबर ले आता था, पर मन तो उसका तब भी पढ़ाई को छोड़कर कंचे खेलने और गुल्ली डंडा खेलने मे हि ज्यादा लगता था। पिता की मृत्यु के बाद ही उसने बनारस और वहां की भूल भुलैया जैसी गलियों को छोड़ दिया था। अपने अंकल के कहने पर वह और उसकी अम्मा मुंबई आगये थे। यहां पौदार एक छोटी सी कंपनी में चपरासी की नौकरी करने लगा। बहुत ही कम उम्र में अपनी अम्मा की जिम्मेदारी संभालने के कारण उसमें समझदारी आ गई थी। पौदार बिल्कुल भी फिजूल खर्ची नहीं करता था, इसी बीच एक दीन उसकी अम्मा भी गुजर

गई। मुंबई में पौदार दादर की छोटी सी खोली में रहा करता था। एक दिन जब वह अपनी नौकरी से वापस आ रहा था, तब उसकी मुलाकात रुकमणी नाम की एक लड़की से हुई, जिससे उसे धीरे धीरे प्यार हो गया, और दोनों ने जल्दी शादी भी कर ली, रुकमणी वैसे तो रहने वाली मुंबई की थी, पर उसका जन्म हुआ लखनऊ में था। जहां उसके परिवार को पैसों की तंगी के कारण मुंबई आकर बसना पड़ा था। उसके बाबूजी एक सरकारी फर्म में क्लर्क की नौकरी करते थे। रुकमणी स्वभाव में थोड़ी गुस्सैल थी, छोटी-छोटी बातों पर उसे बड़ी जल्दी गुस्सा आ जाया करता था। दोनों की गृहस्ती बहुत अच्छी चल रही थी, कि तभी इनके यहां पहली औलाद ने जन्म लिया जिसका नाम इन्होंने राहुल रखा। राहुल पढ़ाई में इतना तेज नहीं था, इसलिए उसने बड़े होते होते कॉल सेंटर में जॉब करना शुरू कर दिया था। छोटी बेटी नीलम पढ़ाई में बहुत तेज थी, और उसे अपने पिता की तरह कविताएं सुनने और लिखने का बहुत शौक था। पौदार बचपन में कुछ कविताएं लिखता था, जो उसने आज तक किसी को नहीं सुनाई थी। रुकमणी के साथ विवाह के बाद हर रोज राता तो अक्सर वह सोने के पहले प्यारी प्यारी शायरी सुनाकर उसका मन बहलाता था। नीलम भी अपने मां-बाप से बहुत प्यार करती थी। नीलम को अपने पड़ोस के लड़के राकेश से प्यार था, पर राकेश ने उसे कभी भी भाव नहीं दिया, वह जितना महत्वकांशी था, उसके लिए नीलम उसके दायरे से कोसों दूर थी। नीलम एक ऐसी लड़की थी, इसकी ख्वाइशें ज्यादा बड़ी नहीं थी। फिर भी पौदार ने नीलम की शादी एक अच्छे घर में करवा दी थी। नीलम का पति एक संगीतकार था, जिससे दोनों पति-पत्नी में खूब जमती थी। नीलम की एक संतान भी थी, जिससे पौदार को बहुत लगाव था। राहुल को अपने कॉल सेंटर में हि एक लड़की पसंद थी, वह उसे कभी अपने मां बाप से मिला ना पाया और इसी बीच उसकी मृत्यु हो गयी। जिस दिन राहुल मरा उसी दिन पौदार को दो बुरी खबरों ने घेर लिया था। पहली कि उसे पता चला कि वह एक गंभीर बीमारी से जूझ रहा है, और

दूसरी उसके बेटे की मृत्यु ने उसे बिल्कुल भी विश्वास नहीं होता था, कि उसका बेटा राहुल अब इस दुनिया में नहीं रहा। बीमारी के ऑपरेशन का खर्च बहुत ज्यादा था, इसलिए उसने उसके बारे में कभी नहीं सोचा और दवाई की वजह से वह अपनी ऑटो चला रहा था। कभी उसे बहुत कमजोरी का भी सामना करना पड़ता पर उसने कभी हार नहीं मानी। रुकमणी और उसके बीच आज भी उतना ही प्यार था, जितना शादी के वक्त था। दोनों अकेले फिल्म देखने जाए करते और पार्क में बैठकर अपनी जवानी के दिन याद किया करते थे। पौदार जानता था कि वह अब ज्यादा दिन इस दुनिया में नहीं जी पाएगा। इसीलिए पौदार कोशिश करता था कि उसके जाने के बाद रुकमणी को कोई तकलीफ ना हो, वैसे तो रुकमणी भी कढ़ाई बुनाई का काम जानती थी पर उससे गुजारा कर पाना मुश्किल था। आज जब ऑटो से वापस घर की तरफ आ रहा था, तभी उसकी अचानक से नजर एक काली शर्ट वाले आदमी पर पड़ी पहले पहले तो उसे यह अपना भर्म लगा और फिर उसे यकीन हो गया की यह काली शर्ट वाला इंसान और कोई नहीं उसका अपना बचपन का दोस्त सूरज था। बनारस का दोस्त उसने फौरन ऑटो घुमाया और सूरज की तरफ जा कर रोक दिया। सूरज भी उसे देखते ही पहचान गया। बचपन से जवानी तक सब बदल जाता है। बस सकले वैसी की वैसी ही रहती हैं। बस उनके आकार बदल जाते हैं। दोनों को एक दूसरे से मिलकर बहुत खुशी हुई। सूरज से वार्तालाप के बाद उसे पता चला कि वह यही खार के एक 3 बीएचके फ्लैट में रहता है, और यही अंधेरी की एक बड़ी फर्म में नौकरी करता है। दोनों दोस्तों ने साथ मिलकर किसी अच्छे से कैफे में जाकर चाय पीने का फैसला किया चाय खत्म होते-होते दोनों ने बहुत बातें की जिससे पौदार को पता चला कि आज से 1 साल पहले उसकी बेटी भी एक्सीडेंट में मारी गई थी। पौदार को बहुत आश्चर्य हुआ क्योंकि उसके बेटे की भी एक साल पहले ही मृत्यु हुई थी, वह भी एक्सीडेंट में, दोनों ने एक दूसरे को यह कहते हुए विदा ली की जल्दी दोनों मिलेंगे और बचपन की ढेर सारी बातें करेंगे।

पौदार ने अपने घर पहुंचते ही सबसे पहले यह बात अपनी बीबी रुकमणी को बताई रुकमणी को यह जानकर खुशी हुई कि उसके पति का दोस्त एक बड़ी फर्म में काम करता है। बचपन मे सूरज आदत का बहुत शरारती था। उसने कई बार पौदार से लड़ाई भी की थी। अक्सर पौदार की गरीबी का मजाक भी उड़ाया करता था। दोनों जब जब पास घाट पर एक साथ जाते तब सूरज वहां भी उसके कपड़ों और उसकी फटी कमीज़ का मजाक उड़ा करता था। दोनों के बीच कभी नहीं बनती थी, पूरे बनारस को पता था कि सूरज एक अच्छा लड़का नहीं है। उसकी निगाह लड़कियों के मामले में भी अच्छी नहीं रही थी। पौदार का स्वभाव बहुत शरिफो वाला था। सुबह जलेबी कचोरी के साथ दोनों में खूब बहस हुआ करती थी। सूरज पूजा पाठ में बहुत ध्यान करता था, पर पौदार नास्तिक था। उसके समझ में नहीं आता था, कि जिसे मैंने कभी देखा नहीं है उसकी पूजा क्यों करूं, जो दिखता है, उसके लिए उसी का महत्व था। पौदार आज जब अपनी बीवी को सूरज के बारे में बता रहा था, तब उसके मन में बहुत सारे सवाल दौड़ रहे थे, कि वह यानी सूरज इतना कामयाब कैसे हो गया, और वह उससे इतना प्रेम से क्यों मिला, गरीबी और अमीरी में तो सदियों से एक दायरा रहा है। इन्ही ख्यालों में गुम वह अपनी बीबी रुकमणी को प्रेम करता सो गया। पौदार सुबह उठा तो उसने देखा कि सूरज की मिस कॉल उसके मोबाइल में थी। उसने जल्दी से मुंह हाथ धोया और सूरज को फोन मिलाने लगा। दोनों ने तय किया कि आज वह रात को 7:00 बजे एक मशहूर कैफ़े मे मिलेंगें। शाम को ठीक 7:00 बजे पोदार कैफे के बाहर खड़ा था। आज उसने ज्यादा यात्रियों को ऑटो से सेर नहीं कराई थी, इसीलिए ज्यादा पैसे भी नहीं कमा पाया था। कुछ देर में सूरज भी कैफे में पहुंच चुका था। दोनों ने पहले तो एक-एक कप कॉफी पी फिर मस्का पाव खाने के बाद दोनों ने अपने अपने घर की बातें शुरू कर दी बातों बातों में पौदार को पता चला की उसका बेटा अभी दुबई में नौकरी करता है, और बीवी जर्नलिस्ट हैं। सूरज के जोर देने पर पौदार को सूरज के घर जाना

ही पड़ा। रुकमणी घर में अकेली थी, इसलिए उसने व्हा ज्यादा समय नहीं बिताया। वहां से वापस घर आने के बाद पौदार कुछ बेचैन सा हो गया था। उसने उस रात अपनी बीवी रुकमणी से भी ज्यादा बात नहीं की। अगली सुबह वह अपने आप को शीशे में देख निहारे जा रहा था, और न जाने कल रात सूरज के घर में उसके साथ ऐसा क्या हुआ था, कि वह कुछ गुमसुम सा हो गया था। बात कई साल पहले की है, जब पौदार छोटा था। तब उसे काशी नाम की एक लड़की से और उस लड़की को पौदार से बहुत प्रेम था। दोनों की उम्र कम होने के कारण वह दोनों शादी नहीं कर पाए थे, और दोनों के बीच उनके विद्यालय के पीछे सुनसान गली में चुम्मन का कारवां चलता था। सूरज उस लड़की से नफरत करता था,और पौदार को भी उससे दूर रहने की सलाह देता था। काशी इतनी सुंदर तो नहीं थी, पर जिस्म से बहुत आकर्षक थी। उसके वक्ष सबसे आकर्षक थे, दोनों ने साथ जीने मरने की कसमें खाई थी। कल रात जब वह सूरज के घर पहुंचा तो उसकी आंखें फटी की फटी रह गई थी, जैसी साक्षात् उसने भूत को दे देख लिया हो। वहां उसके सामने उसके बचपन की प्रेमिका काशी खड़ी थी। बहुत सारी झूरियों वाले चेहरे के साथ। जबकि उसने तो यह सुना था, कि काशी के पिता ने उसकी हत्या कर दी है। उसके पास शब्द नहीं थे। वह अपनी पेंट की जेब को बार-बार टटोल रहा था। उसने इसकी उम्मीद यानी काशी से मिलने की उम्मीद कभी नहीं की थी। यहां तक सब ठीक था, उसके बाद उसे पता चला कि जिस लड़की की मृत्यु उसके बेटे के साथ कार एक्सीडेंट मे हुई थी, वह और कोई नहीं काशी की हि बेटी थी। उस दौरान हॉस्पिटल में वह उस लड़की के मां-बाप से किसी कारण मिल ना पाया था। उसने सुबह होते ही जल्द अपना ऑटो रिक्शा निकाला और सूरज के घर की ओर निकल गया। वह काशी को एक बार और देखना चाहता था। बहुत सारे सवालों के साथ वो निकला था, इसी बीच उसकी तबीयत खराब हो गई और उसे जल्द से जल्द हॉस्पिटल में भर्ती करा दिया गया। हॉस्पिटल के बिस्तर पर वह अपनी

आखिरी सांसें ले रहा था। यह कोई दूसरा हॉस्पिटल नहीं था, यह वही हॉस्पिटल था, जिसमें राहुल ने अपनी आखिरी सांसें ली थी, कुछ ही देर में उसकी आंखों के सामने अंधेरा छाने लगा। उसे अपने और काशी के बचपन के किस्से याद आने लगे थे, प्रेम याद आने लगा था, सूरज याद आने लगा था, राहुल याद आने लगा, और फिर वह जा चुका था। अपनी बीवी रुकमणी को अतीत की आजादी मे छोड़ अपने ऑटो की आखिरी यात्रा के समान।

9

बड़ी बी

सुबह के 5:00 बजे थे, एक मोटी सी 60 से 65 साल की उम्र की औरत गाजियाबाद रेलवे स्टेशन के दो नंबर प्लेटफार्म पर किसी के इंतजार में बैठी घर से लाई अपनी मठरी खा रही थी। पिछले 1 घंटे से वह यहां अपने दामाद युसूफ का इंतजार कर रही थी। युसूफ गाजियाबाद में नौकरी करता था, पर रहने वाला काठगोदाम का था। यहां युसूफ के आने के बाद उन्हें आगे काठगोदाम निकलना था। यूं तो बड़ी बी को बचपन से लेकर जवानी तक अनुशासन से ही जीना पड़ा था। जब वह छोटी थी, तब उन्हें मुंबई के अपने पड़ोसी से प्रेम था। उनका सपना था कि वह बड़ी होकर एक अदाकारा बने क्योंकि नरगिस उनकी प्रिय कलाकार थी, इसलिए वह नरगिस जैसा ही बनना चाहती थी। उनके अब्बू एक सरकारी फर्म में मुलाजिम थे। जिन्हें संगीत, चित्रकारी, नाच, गाना, या यूं कहिए साहब कला के हर क्षेत्र से नफरत थी। सुबह सुबह दफ्तर के लिए निकलते और रात को बड़े गरम मूड में घर वापस लौटते थे। घर के सभी लोग उनसे बहुत डरते थे। असल मे बड़ी बी का नाम सलमा था। सलमा को खास अपने अब्बू से बहुत डर लगता था। छुप छुप कर अपनी सहेलियों के साथ नरगिस की मूवी का फर्स्ट डे फर्स्ट शो देखने जाएं करती थी। अब्बू से उलट सलमा की अम्मी बहुत ही अजीब मिजाज की थी, हसमुखख। उनके दो बेटे और दो

बेटियां थी, जिसमें उन्हें सलमा सबसे प्रिय थी। सलमा की सारी गलतियां वो अपने शौहर से छुपा लिया करती थी। सलमा जैसे जैसे बड़ी हो रही थी, उन्हें अपनी खूबसूरती पर बड़ा नाज होने लगा था। सारी सहेलियां सलमा की खूबसूरती से जलती थी। कॉलेज में कोई भी सांस्कृतिक प्रोग्राम होता तो सलमा सबसे पहले उस में भाग लिया करती थी। एक दिन जब वो कॉलेज में अपने दोस्त के साथ कैंटीन में समोसे खा रही थी, तभी उनकी मुलाकात एक ऐसी लड़की से हुई जो पूरी तरह बुर्का करे हुई थी। सलमा भी बुर्का पहनती थी पर उतनी शिद्दत से नहीं, सलमा ने उसके पास जाकर अपना परिचय दिया और उनके बारे में जानना चाहा। उसे पता लगा की यह लड़की का नाम फातिमा हैं, और यह एम कॉम फर्स्ट ईयर में अभी नई आई है। कॉलेज में दोनों में धीरे-धीरे दोस्ती पनपने लगी दोनों दोस्त साथ साथ ही हर चीज में भाग लेते, साथ हीं खाना खाते, साथ घूमते, दोनों ही चाय के बहुत शौकीन थे। सलमा की दोस्त फातिमा का निकाह जल्दी मौसिन नाम के एक लड़के से होने वाला था। दोनों बहुत खुश थी, नई जिंदगी अपना रास्ता झांक रही थी। फातिमा बचपन से ही पढ़ाई में तेज रहने वाली लड़कियों मे से थी, इसीलिए उन्हें फिल्मों से कुछ खास लगाव नहीं था। उनके हिसाब से फिल्मों में सब नकली दिखाया जाता है, इसलिए उन्हें फिल्में देखना पसंद नहीं था। फातिमा की अम्मी शहर के नामी स्कूल में टीचर थी, इसलिए फातिमा का भी सपना था, कि वह भी एक टीचर ही बने उसके हिसाब से टीचर का पेक्षा सबसे मुश्किल पेक्षा होता है। उन्हें बहुत मेहनत करनी पड़ती हैं। तरह-तरह के बच्चों की आदतों से जूझना पड़ता है। कुछ ही दिन हुए थे कि कॉलेज वालों ने एक ट्रिप आर्गेनाईज की जिसमे सब लोग नैनीताल जाने वाले थे। सलमा का बहुत मन था कि वह भी नैनीताल जाए उसने फातिमा से अपनी इच्छा जाहिर की पर फातिमा का मन नहीं था, इसलिए उसने टाल दिया। घर पर जब यह बात उसने अपनी अम्मी को बताई तो पहले तो अम्मी ने गुस्सा किया पर फिर वो मान गई और उनको शक था

कि सलमा के अब्बू सलमा को जाने नहीं देंगे इसलिए फैसला हुआ कि अब्बू को यह बात बताई नहीं जाएगी और सिर्फ उनसे इतना कहा जाएगा कि वह किसी एग्जाम के लिए कॉलेज के साथ 4 दिनों के लिए बाहर जा रही हैं। सलमा का नैनीताल जाना तय हो गया था, पर या फातिमा की इच्छा थी कि वह आने वाले एग्जाम की तैयारी करें और नैनीताल ना जाये। पर हुआ उल्टा सलमा ने फातिमा को जाने के लिए राजी कर लिया और दोनों ही नैनीताल के लिए कॉलेज के साथ निकल गईं। रास्ता लंबा था इसीलिए दोनों ने सफर के अच्छे खासे कपड़े रख लिए थे। नैनीताल पहुंचते ही सबको एक-एक कमरा मिल गया था। जिसमें दो दो लड़कियों को एक कमरा मिला था। सलमा और फातिमा को भी एक ही कमरा मिला और दोनों को वह कमरा पसंद भी आया। इस सफर का उनकी जिंदगी पर क्या असर होने वाला है, इस बात का उन्हें अंदाजा भी नहीं था। फातिमा और सलमा जब रात को पूरे दिन नैनीताल के बाजार को छान कर वापस आकर अपने बिस्तर पर लेटी तो एक दूसरों के हाथों के स्पर्श से उन्हें बहुत खुशी महसूस हुई। सलमा ने अपनी करवट फातमा की ओर बदली और नरगिस के अंदाज में उसे छेड़ने लगी। फातिमा सलमा को कुछ बताना चाहती थी, पर खामोशी से उसकी शरारत का मजा लेती रही। धीरे-धीरे सलमा का हाथ फातमा की छाती तक पहुंचा इन सबके बीच फातिमा की साँसे कुछ लंबी होती जा रही थौं। दोनों दोस्त इस वक्त कुछ अलग महसूस कर रहे थें। दोनों एक दूसरे के स्पर्श के लिए मरे जा रहे थे। फातिमा का पूरा जिस्म गर्म हो चुका था, यहां सलमा के जिस में भी सिरंज महसूस होने लगी थी। दोनों ने कुछ इस तरह एक-दूसरे की आंखों में देखा और फिर सलमा को कुछ अजीब सा लगा और वह दूसरी तरफ करवट बदल करके सोने का अभिनय करने लगी। उस वक्त फातिमा चाहती तो सलमा के बदन से लिपट सकती थी, पर उसने भी उस वक्त आंखें बंद की और अभिनय करने में सलमा का साथ देने लगी। नैनीताल में 4 दिन कैसे गुजरे पता नहीं चला और फिर जब यह दोनों

सहेलियां घर वापस लौटी तो काफी दिनों तक एक दूसरे से बात नहीं की कुछ ही दिनों बाद सलमान को पता चला कि फातिमा के निकाह की तारीख तय हो गई है। यह बात सलमा हजम नहीं कर पाई और एक दिन कॉलेज के पीछे फातिमा जब अपनी क्लास के लिए जा रही थी, तभी सलमान ने फातिमा का हाथ पकड़ टंकी के पीछे खींच लिया। पहले तो दोनों ही खामोश रही फिर सलमान ने कसकरके फातिमा के होठों को चूमा फातिमा निशब्द थी, कुछ ना बोल पाई। फिर अचानक से दोनों ने धीरे धीरे बोलना शुरू किया फातिमा ने सलमा को बताया कि उस दिन नैनीताल में वो उसे बता देना चाहती थी, कि सलमा तुम किसी नरगिस से कम नहीं हो, तुम बहुत खूबसूरत हो और आगे वह कहती है तुम सलमान मेरे लिए चाँद हो और मैं तुमसे पहली नजर में प्यार कर बैठी थी। तुम्हारी आंखें तुम्हारे होंठ सब कुछ अद्भुत है। यह सब सुनते हीं सलमा की आंखें भर आई जो की खुशी से झूम रही थी। उसने फातिमा को बताया कि वह भी उससे बेहद प्यार करती है। दोनों की इतनी ही बातें हुई थी कि अचानक सलमा ने फातिमा के निकाह का जिक्र किया तो दोनों ही मायूस हो गई । प्रेम की परिभाषा समाज की समझ से परे है, बस इतना ही कहते हुए फातिमा वहां से निकल गई। पीछे सलमान खड़ी उसे अपनी उदास आंखों से निहारती रह गई। दोनों उस दिन के बाद फिर कभी नहीं मिले। फातिमा ने कॉलेज छोड़ दिया और सलमा को कुछ दिनों बाद ही पता लगा कि वह अपने परिवार के साथ मुंबई भी छोड़कर जा चुकी है। आज जब बड़ी बी रेलवे स्टैशन पर बैठ कर अपने दामाद का इंतजार कर रही थी तो ऐसे मालूम होता था कि सलमा से बड़ी बी का सफर कितना दिलचस्प रहा होगा। यूसूफ जैसे हीं स्टेशन पहुंचा दोनों जल्दी से काठगोदाम की ट्रेन में चढ़ जाए। वहीं जहां बड़ी बी को सीट मिली थी। उसी के पास एक महिला बैठी थी, जो उम्र में बिल्कुल बड़ी बी जैसी ही थी। बड़ी बी को देखते ही उन्हे कुछ अचंभा हुआ पर वह चुपचाप बैठी रही, काठगोदाम आ चुका था। तब वह महिला जो बड़ी बी के पास बैठी थी, उन्होंने

बड़ी बी के सामने एक चिट्ठी फेकि और फीर स्टेशन की भीड़ में कहीं गायब हो गईं। बड़ी बी को बहुत आश्चर्य हुआ कि यह महिला कौन थी, और ऐसे हि क्यो ये चिट्ठी मेरे सामने फेंक कर कहां चली गई। जब बड़ी बी ने उस चिट्ठी को पढ़ना चाहा तो उनसे पढ़ा ना गया क्योंकि उनके पास उनका चश्मा नहीं था, तो उन्होंने युसूफ को कहा कि वह ये पढ़कर सुनाएं इसमें क्या लिखा है। युसूफ ने पढ़ना शुरू किया, उसमें लिखा था, मेरी नरगिस तुम आज भी बहुत खूबसूरत हो, मैं तुम्हें हर रोज याद करती हूं, नमाज में, सोते वक्त, खाते वक्त, तुम हमेशा मेरे दिमाग में रहती हो। तुमसे बिछड़ने के बाद सब कुछ बिखर गया तुम्हें आज देखा तो पूरा अतीत सामने आ गया। अल्लाह मियां तुम्हें सलामत रखे। हम अगर इस दुनिया में ना मिले तो क्या हुआ किसी दूसरी दुनिया में हम साथ साथ रहेगें। मेरी नरगिस और सिर्फ मेरी नरगिस यह सुनते ही बड़ी बी के चेहरे की झुर्रियां सख्त हो गई। वह कुछ ना बोल पाई वह चारों तरफ फातिमा को तलाश रहे थे, पर फातिमा तो कहीं ना थी। बड़ी बी को चक्कर आगया और वह वही स्टेशन पर हीं गिर पड़ी।